**图书在版编目（CIP）数据**

谁偷了《蒙娜丽莎》/（法）萨曼・塞努西著；
（法）塞巴斯蒂安・穆兰绘；黄荭译 . -- 北京：中信出
版社，2024.7. -- ISBN 978-7-5217-6732-2

I . I565.85

中国国家版本馆 CIP 数据核字第 20243DS486 号

谁偷了《蒙娜丽莎》

著　　者：[法]萨曼・塞努西
绘　　者：[法]塞巴斯蒂安・穆兰
译　　者：黄荭
出版发行：中信出版集团股份有限公司
　　　　　（北京市朝阳区东三环北路 27 号嘉铭中心　邮编　100020）
承 印 者：北京尚唐印刷包装有限公司
开　　本：889mm×1194mm　1/16
印　　张：2.25
字　　数：40 千字
版　　次：2024 年 7 月第 1 版
印　　次：2024 年 7 月第 1 次印刷
印　　数：1—5000 册
京权图字：01-2024-3212
书　　号：ISBN 978-7-5217-6732-2
定　　价：42.00 元

出　　品　中信儿童书店
图书策划　巨眼
策划编辑　刘杨　季玉琼
责任编辑　王琳
营销编辑　高铭霞　周惟
装帧设计　佟坤

出版发行　中信出版集团股份有限公司

服务热线：400-600-8099　　网上订购：zxcbs.tmall.com

官方微博：weibo.com/citicpub　官方微信：中信出版集团

官方网站：www.press.citic

# 谁偷了
# 《蒙娜丽莎》

［法］萨曼·塞努西 / 著

［法］塞巴斯蒂安·穆兰 / 绘

黄荭 / 译

中信出版集团 | 北京

我叫**蒙娜丽莎**。

我是世界上最著名的油画之一。

有一天……我不见了！
我不翼而飞，人间蒸发了。

说白了……也就是，我被盗了。
是的，是的，你不是在做梦。
我被偷了，被盗了，被窃了！

你想知道是为什么吗？
你想知道是怎么回事吗？

那就让我们从头说起吧。

在成为举世闻名的杰作之前，
我只是一块白色的画布，在等待模特出现。

这个模特是谁？
众说纷纭，
有人甚至认为可能是……一个小伙子！

不过，我知道。
但或许我并不想告诉你。（笑。）
好吧，逗你玩呢，来，让我讲给你听。

模特是位夫人。

丽莎夫人。

**蒙娜丽莎。**

丽莎生活在佛罗伦萨，那是世间最美的城市。
她生在盖拉尔迪尼家，后来嫁给了一个商人
弗朗西斯科·乔孔多。正因为这样，
人们也常叫我**乔孔多夫人**。

这一切是真的吗？
千真万确？
或许吧……

要知道，在成为这幅美妙绝伦的画作（我！）之前，
丽莎和其他女人一样。
不过，还是要比其他女人更美一点。
或许正是因为这个原因，达·芬奇注意到了她。

达·芬奇，你知道，就是**列奥纳多·达·芬奇**，意大利画家。

他是什么时候画的丽莎？
天哪，这我怎么能记得？
那可是好几个世纪前的事情了！

所有我能告诉你的，就是他们
大概在 1500 年前后相遇。
谁都不知道确切是什么时候。

当时达·芬奇已经老了，很老了，
至少有五十岁。
他可是个名流。

达·芬奇什么都会。他是雕塑家、
音乐家、发明家。他对一切都感兴趣：
光学、生物学、建筑学、地理学、解剖学、天文学
以及其他！你或许见过这个。

或者这个。
都是特别有名的图。
是的，是的！
当然，都不如我有名，
但还是挺有名的。

达·芬奇尤其是一个绘画天才。

丽莎的丈夫想叫她摆好姿势让达·芬奇画。
于是她摆好姿势让达·芬奇画。

达·芬奇希望她穿深色衣服，
以凸显她手上和脸上的光泽。
她穿上了深色衣服。

他希望把她画在中心位置，
因为"人应该是一切的中心"。
丽莎说，她是一个女人，不是一个男人。
他没有反驳。或许正因为如此，
她才微微一笑。

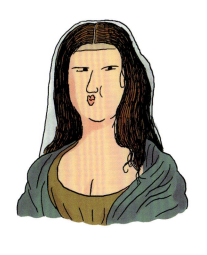

摆姿势要摆多久？没完没了！
一个小时又一个小时地保持一动不动，
就像一位圣母；一笔一笔又一笔，
画了无数笔才有了这种轻盈的效果，
这种氤氲的朦胧，使皮肤像是笼上了薄雾；
达·芬奇的画笔轻轻地、轻轻地从调色盘移
到画布。

有人说达·芬奇请来了音乐家、舞蹈家和小丑
来逗丽莎开心。我不记得这些。
然而，我记得他在画，
怎么说呢……画得很慢，
非常慢。
慢到丽莎给他摆姿势一摆就是四年！

但这完全值得。

最早看到这幅画的那些人都感觉她是活的，
尽显优雅迷人风度。
他们都觉得有神韵，有灵魂……
哦，是的！

这个灵魂就是我。

之后，达·芬奇和我，
我们再也没有分开。

当法国国王法兰西斯一世
邀请他到克洛·吕斯城堡时，
他把我带在身边，
我在我的画布上安然无恙。
那是一个迷人的地方，
尽管雨下得有点多。
在那里，达·芬奇继续创作、
画画。画我。
他在这里加上几笔，在那里加上几笔，
只是为了让我更栩栩如生。

后来，他去世了。1519 年，如果我没记错的话。
那么我呢？

我感到很无聊。

我在枫丹白露宫里很无聊，
在浴室，被挂在一条浴巾和一块洗澡巾中间。
可见人们根本不顾及我的感受！
我被迫看亨利四世在浴缸里……
幸好，
他不经常洗澡！

我在凡尔赛宫里很无聊，
群臣对我青眼有加，
但太阳王，他并不太欣赏我。
或许是怕我的光芒盖过他……

我在拿破仑的情人约瑟芬的套房里很无聊，
我被挂在她那过度装饰的可怕的客厅正中央。
幸好，我在那里待的时间不长！

几个世纪里，
我就像一件漂亮的家具一样，
辗转在无数个地方。
在哪儿我都很无聊。

最终，1797 年，我搬进了卢浮宫。
革命党人刚把法国国王的住所
改造成了博物馆。

至少人们不会再把我搬来搬去了。
我感觉自己找到了家。

我成了这座宫殿的女王。

起初，我只是众多画作中的一幅小画。
不过，如果你想听我的意见的话，
我可明显比其他画作更美，不是吗？

时光荏苒……

直到 1911 年的某一天，一个怪人来看我。
一个穿着工装、留着山羊胡子的人。

他用奇怪的眼神打量我。我开始害怕了。
因为前不久，博物馆里有好几幅作品遭到了疯子的袭击，
被划破、损伤、毁坏。

不会轮到我了吧？

还好不是。

正好相反。

山羊胡男人是个玻璃工。

他负责给我装上玻璃让我免遭毒手。

他跟我说话，

用我的母语，我几乎都要忘记我的母语了。

因为他是意大利人，和我一样。

他叫文森佐。文森佐·佩鲁贾。

他每天都来看我。对我说我有多美，

真不该把我从祖国带到国外，

说这是耻辱。

太丢人了！

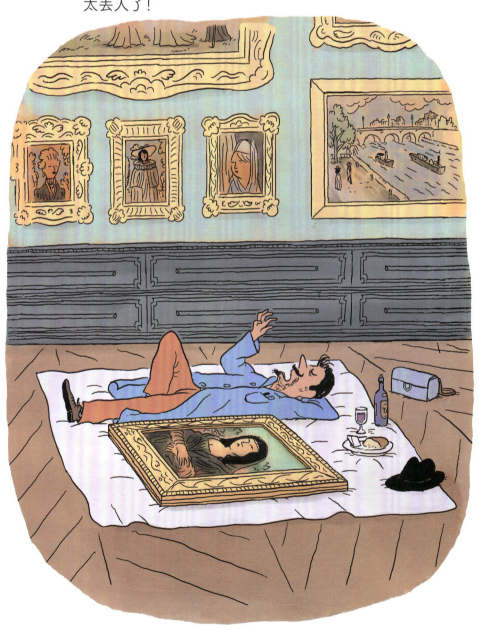

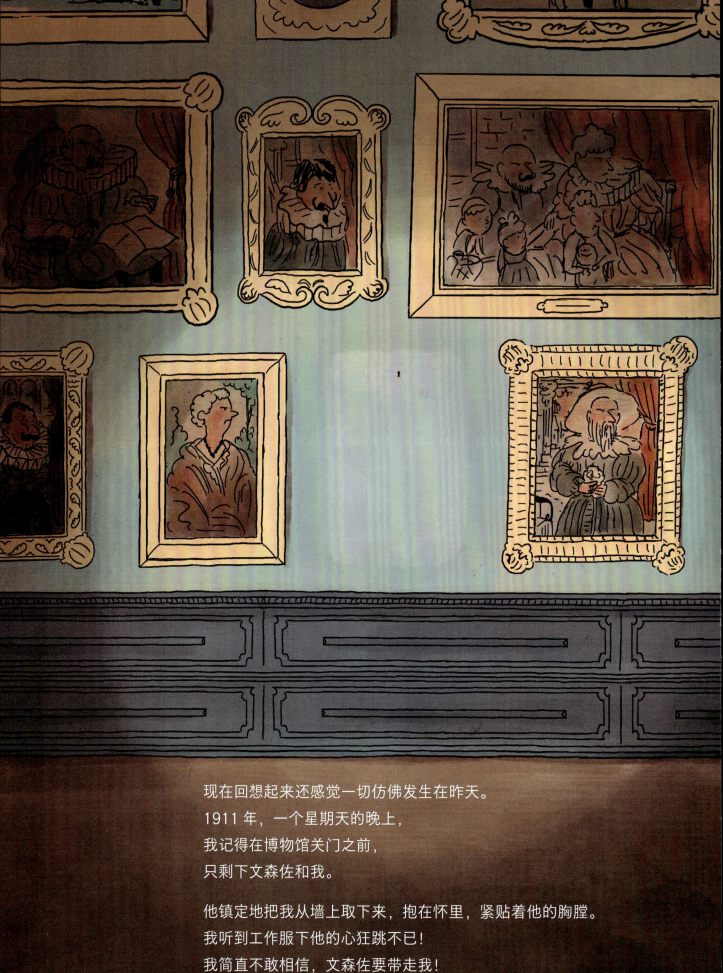

现在回想起来还感觉一切仿佛发生在昨天。
1911年，一个星期天的晚上，
我记得在博物馆关门之前，
只剩下文森佐和我。

他镇定地把我从墙上取下来，抱在怀里，紧贴着他的胸膛。
我听到工作服下他的心狂跳不已！
我简直不敢相信，文森佐要带走我！

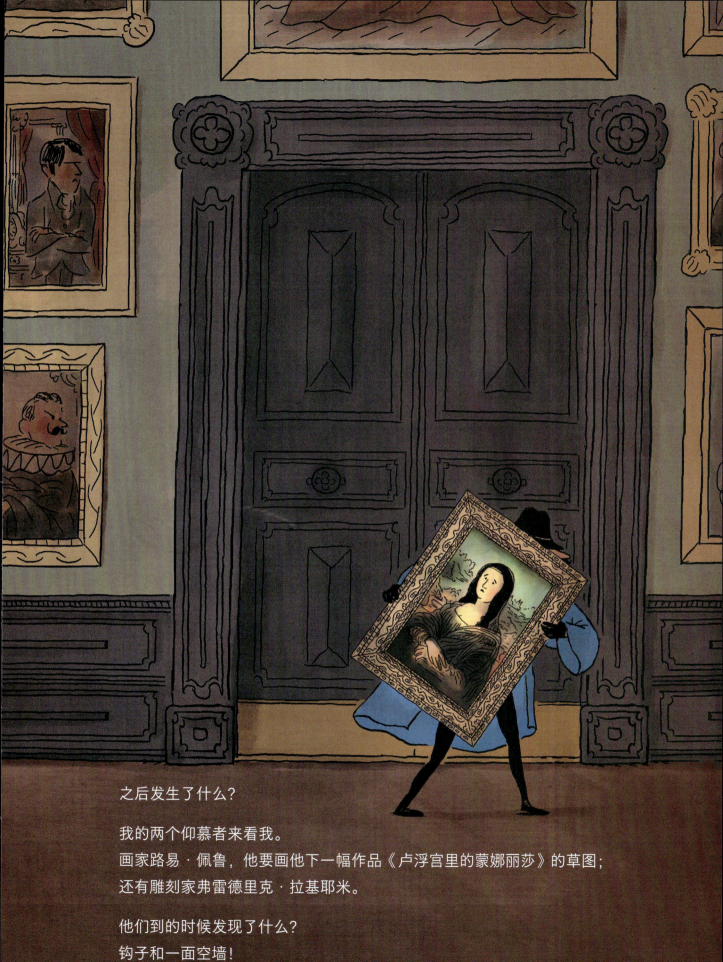

之后发生了什么？

我的两个仰慕者来看我。
画家路易·佩鲁，他要画他下一幅作品《卢浮宫里的蒙娜丽莎》的草图；
还有雕刻家弗雷德里克·拉基耶米。

他们到的时候发现了什么？
钩子和一面空墙！

而我呢，
我被藏在巴黎圣路易医院街的
一个房间里，
一个不太卫生很不舒适的地方。

而且我会在这里待很久，
很久很久……

貌似我的失踪掀起了一场雷霆行动！

边境？

封锁。

汽车、火车、轮船？

搜查。

我受宠若惊。

报道称，有 60 名探员被派去犯罪现场。

名侦探阿尔方斯·贝蒂隆发现了一枚指纹，

并将其与卢浮宫的 257 名员工一一进行了比对。

但文森佐是漏网之鱼。

负责此案的警官很生气，因为没能找到我。
大家给他起了一个绰号"乔孔多的丈夫"。
怎么回事？我丈夫？谁问过我的意见？

不管怎么说，他逮捕了五花八门的嫌疑人，
甚至还有名人——诗人纪尧姆·阿波利奈尔
（的确，他以前的秘书曾偷过卢浮宫的小雕像），
还有画家毕加索，据说他是个天才。
算是吧。
可我觉得他比达·芬奇差远了。
但他们很快都洗清了嫌疑。

在这段时间，法国人争先恐后
来看那面空墙和墙上的钩子。
我从来没有过这么多的参观者。
太匪夷所思了！

而我呢？
我被锁在木头箱子里，
再也没有人能见到我。
一幅被困在黑暗里的画有什么用呢?!

一个晴朗的早晨，我们终于出门了。
我们坐了地铁、
火车……
我感觉旅途好长。

突然，列车停了下来。
我们到站了？
我听到有人说话，
是海关人员！
我能感觉到他们在搜查，
但他们没有搜到我。
火车再次启程。

突然，
熟悉的味道，熟悉的声音，
熟悉的语言！
我回到了我的祖国意大利。

在这里，文森佐打算把我卖了。卖掉我！
你知道的，把我卖给一个古董商。

是的，但事与愿违。古董商通知了警察，
他们前来逮捕了文森佐。

我和他一起待了两年多，
但在意大利的时间还很短。刚刚到这里，
我就要被送回法国了，我确信这一点。
我非常失落。不过，有一个惊喜等着我。

他们在意大利为我组织了盛大的巡展！

佛罗伦萨、米兰、罗马、法尔内塞宫，
国王维托里奥·埃马努埃莱三世和
皇后埃莱娜来看我……
太令人自豪了！

但最终，我回到了我的家——卢浮宫。

观众想我了。

我也想他们了。

他们迎接我凯旋。我很开心。

接下来的几年，我又旅行了。
第二次世界大战时，
我从一个城堡辗转到另一个城堡。

我坐船去了美国。

在一个半月的时间里，
有几百万人前来看我！

1974 年 4 月 16 日，
我坐飞机去了东京。

对一个像我这样的"老奶奶"，
又热又干的空气可不适合我，
整架飞机要保持在低温状态。
于是，所有人都冻得要死，
而我，我舒舒服服地躺着！

这是我最后一趟旅行。

从那以后，我一直留在卢浮宫。

我变得太脆弱了。

我的背有点弯，也有些褪色了。

几年前——确切说是两个世纪前——

我的左眼上方出现了一条细纹，

这让照顾我的人很担心。

但变老很正常，不是吗？

人们安排我做了检查，给我诊断，

给我治疗。

我好端端地待在防弹玻璃后面，待在我的画柜里，

适宜的温度和湿度有利于我的健康。

而且，还不停地有人来探望。至少可以这么说——
世界各地的人从四面八方来看我。
每天大概有 15000 到 20000 人。每年 700 万人。
有人崇拜，有人好奇，有人无动于衷，有人虔诚，
有人热爱，有人失望，有人激动，有人厌倦……
还有人模仿。

哦，是的，就像所有名人一样，我被人模仿了。
成百上千次！

某些仿作几乎和我一样有名。
就像在马德里普拉多博物馆展出的那幅，
那是达·芬奇的一个助手的作品。
他在达·芬奇画我的同时画了她！
如果有朝一日你去看她，也请代我向她致敬。

这是成功的代价。我经常
被模仿、被曲解、被嘲笑、被戏弄……
但我用微笑接受这一切!